La Hada Del Pantano

Escrito Por

Robin Bee Owens

Ilustrado por
Christopher Bramer

Publicado por
Ted E Beans (un poco de división de Inknbeans)

© 2015

Arte de la Cubierta: Christopher Bremer

ISBN-13: 978-0692527672 (Ted E Beans)
ISBN-10: 0692527672

La
Hada
Del Pantano

Hay tres hermanas que tienen la vida perfecta. Ellos viven con su mamá y papá en una pequeña casa perfecta. Tienen todo lo que posiblemente puede desear.

Todas las niñas tienen el pelo largo, de oro con ojos de un azul acerado. La máyor, Abril, es más un marimacho. Ella ama los deportes, su favorito es jugar softbol. La hermana mediana, Stacey, es más una chica femenina. Le encanta jugar con sus muñecas y con desfiles de moda. Erica, la menor, es la combinación de ambas hermanas. A ella le gusta jugar los deportes y le gusta jugar con sus muñecas, pero su actividad favorita es leer libros.

Un día, las chicas se molestaron porque se les dice que tienen que limpiar la habitación que comparten. Odian la limpieza de su habitación y siempre pregunta por qué tienen que hacerlo. Su mamá trata de animarles a mantenerlo limpio. Ella les dice que un ratón podría esconderse en el desorden, o que su habitación podría terminar lleno de insectos. Pero esas amenazas nunca funcionaron con ellas. Mamá luego les contó la historia de un hada del pantano que no le gustaba ver las habitaciones desordenadas. El hada del pantano se trasladaría en un lugar y empezar a hacer desaparecen las cosas que una persona amaba más. Pero aún así las chicas no escucharon y se negaron a limpiar la habitación

Mientras jugando afuera, Abril corrió hacia la casa para agarrar su softbol y guante. Le encanta jugar softbol y los chicos del barrio estaban empezando un juego. Cuando llega a su cuarto y al lugar donde ella mantiene su bola y el guante, ella no puede encontrarlos. Ella corre a la cocina para pedir a su mamá si sabe donde están.

La única cosa que su mamá le dice es: "Tal vez el hada del pantano se ha trasladado a su habitación."

Abril no le cree y se va pensando que su mamá los ha puesto en algún lugar para enseñarle una lección. Ella se pone muy triste porque no puede jugar softbol sin su bola y el guante.

Stacey estaba jugando con muñecas con su mejor amiga. Están sentadas en el patio trasero. A ella le encanta jugar con sus muñecas. Ellas deciden tener un desfile de moda con las muñecas, así que corre a su habitación para conseguir la etapa que su padre había hecho para ella. Esta etapa tiene una pasarela que se parece a las pasarelas que los modelos usan durante un desfile de moda. Ella va al lugar en el cuarto donde ella siempre mantiene sus muñecas, y su escenario, y no está allí. Ella busca en todo su cuarto y no puede encontrar la etapa. Ella corre a la cocina y le pregunta a su mamá si ella sabe dónde está su etapa.

La única cosa que su mamá le dice es: "Tal vez el hada del pantano se ha trasladado a tu habitación."

Stacey no le cree y se marcha creyendo que su mamá ha puesto la etapa un lugar para enseñarle una lección. Ella corre al exterior y le dice a su mejor amiga que van a tener que jugar algo más con las muñecas porque no puede encontrar su etapa.

Erica le gusta sentarse en un árbol y leer un libro. A ella le encanta leer. Ella acaba de terminar un libro y decide correr en la casa para conseguir su nuevo libro que su mamá y papá le compraron. Cuando llega a su estante para libros, se sorprende. No sólo ha desaparecido su nuevo libro, pero todos sus libros se han desaparecido. Ella mira debajo de su cama y en su armario y no puede encontrar ningún libro. Ella corre a la cocina y le pregunta a su mamá si ella sabe donde estan sus libros.

La única cosa que su mamá le dice es: "Tal vez el hada del pantano se ha trasladado a tu habitación."

Erica no le cree y se va creyendo que su mamá ha tomado sus libros y los escondió. Ella va al exterior con la cabeza caida. Ella no sabe qué hacer ahora. Ella quiere leer.

Las chicas entran a la casa y se preparan para la cena. Se lavan y se sientan a comer. Después de la cena, se van a su habitación para conseguir un juego para jugar juntas. Les encanta el tiempo de jugar y no pueden esperar para jugar. Cuando llegan a su habitación, no pueden encontrar alguno de sus juegos. Ni siquiera una baraja de cartas se puede encontrar. Buscan y buscan. Cuanto más se ven el más sucio de su habitación se pone. Ellos van a la sala para preguntarle a su mamá y papá si han visto sus juegos.

Una vez más la respuesta que obtienen es "Tal vez el hada del pantano se ha trasladado a su habitación."

Las chicas están muy molestas con esta respuesta. Le dicen a su mamá y papá: "Nosotras no creemos en el hada del pantano".

Las chicas vuelven a su habitación para ver la televisión. Les encanta ver la televisión juntas, especialmente programas de misterios. Cuando llegan, se dan cuenta que su televisión ha desaparecido. Las chicas se están enojando .

Vuelven a la sala para pedirle a su mamá y papá si han tomado la televisión, pero cuando llegan allí, ellos no ven a mamá o papá. Buscan la casa y no pueden encontrarlos . A dónde se han ido? Las niñas ahora tienen miedo.

Después de buscar por mucho tiempo por su mamá y papá, las chicas les da mucho sueño. Ellas deciden ponerse sus pijamas e ir a la cama. Tal vez mamá y papá se han ido a la tienda y volverán pronto.

Después de ponerse sus pijamas y se cepillan los dientes, regresan a su habitación y encuentran que sus camas se han desaparecido. Ahora las chicas empiezan a llorar. Todo lo que aman se ha ido. Ellos no pueden encontrar ninguna de sus cosas y no pueden encontrar a sus padres.

Las chicas lloran asta qque se quedan dormidas en el piso de la sala.

La próxima manana, Abril le dice a las otras dos que se va a ir a limpiar la habitación y ver si pueda encontrar el hada del pantano. Stacey y Erica deciden ir con ella.

Cuando llegan a donde su habitación debe estar, descubren que su habitación se ha desaparecido. Se miran el uno al otro y sacuden sus cabezas. Dan vuelta y se dirigen de nuevo a la sala.

Cuando se dan la vuelta, se encuentran con que toda la casa ha desaparecido. Las chicas ahora están muy asustadas y no saben qué hacer.

Stacey sugiere que se van al bosque y al pantano y ver si pueden encontrar el hada. Las otras están de acuerdo y se van.

Una vez en el bosque, las chicas se pierden. Se tropiezan alrededor de los árboles y sobre los palos y piedras en el suelo, finalmente se sientan y empiezan a llorar.

Abril se sienta muy cerca de Erica y pone su brazo alrededor de ella protegiendola. Ella les dice todo lo que necesitan saber para seguir adelante.

Tienen que encontrar el hada. Todas se levantan y comienzan a caminar de nuevo. Después de muchas horas, llegan al pantano y comienzan a buscar y llamar a la hada del pantano.

El hada del pantano no es realmente una mala hada. A ella le pidieron que se fuera del hermoso país de las hadas, porque ella tenía la costumbre de tomar las cosas que no pertenecen a ella.

Ninguna de las otras hadas entiende por qué hace esto. Las hadas no son dueños de las cosas, hacen que las cosas crezcan o construyen cosas. También ayudan a los niños de todo el mundo. Las otras hadas no se dieron cuenta de que lo que el hada del pantano hacía era ayudar a los niños. Ella les estaba enseñando que tienen que hacerse cargo de las cosas que aman porque podrían perderlos.

El hada del pantano estaba observando a las tres niñas de arriba en la parte superior del árbol. Ella siente lástima por ellas, pero sabe que tienen que aprender una lección. Ella no puede soportar mas verlas llorar y decide hablar con ellas.

Las chicas se asustan cuando ven la hada. Pero, ellas piensan que es realmente bonita. Ella tiene el pelo rojo, casi como el fuego. Ella lleva un vestido morado muy bonito y sus alas son tan hermosas y mucho más grande de lo que pensaban alas de hadas serían. Ella se ve casi como una mariposa.

Después de un momento de sorpresa, mirando a la hada, abril le pregunta si ella tomó las cosas de ellas y su mamá y papá.

Ahora bien, las hadas no pueden mentir cuando se le pregunta algo., así que ella les dice que lo hizo. Stacey le pregunta por qué ella tomó las cosas. El hada del pantano responde directamente a ella y dijo que es porque no cuidan de sus cosas. Ella está buscando a un niño que va a apreciar esas cosas y tendrá buen cuidado de ellas.

Erica se acerca mas a la hada y cae de rodillas y empieza a llorar. "Hada del pantano", dice ella, " lo sentimos mucho por no cuidar de nuestras cosas. Prometemos que vamos a cuidar mejor de ellas y apreciaremos lo que tenemos. Prometemos escuchar a nuestra mamá y papá, y mantendremos nuestra habitación limpia. ¿Podemos optener nuestras cosas de nuevo? "

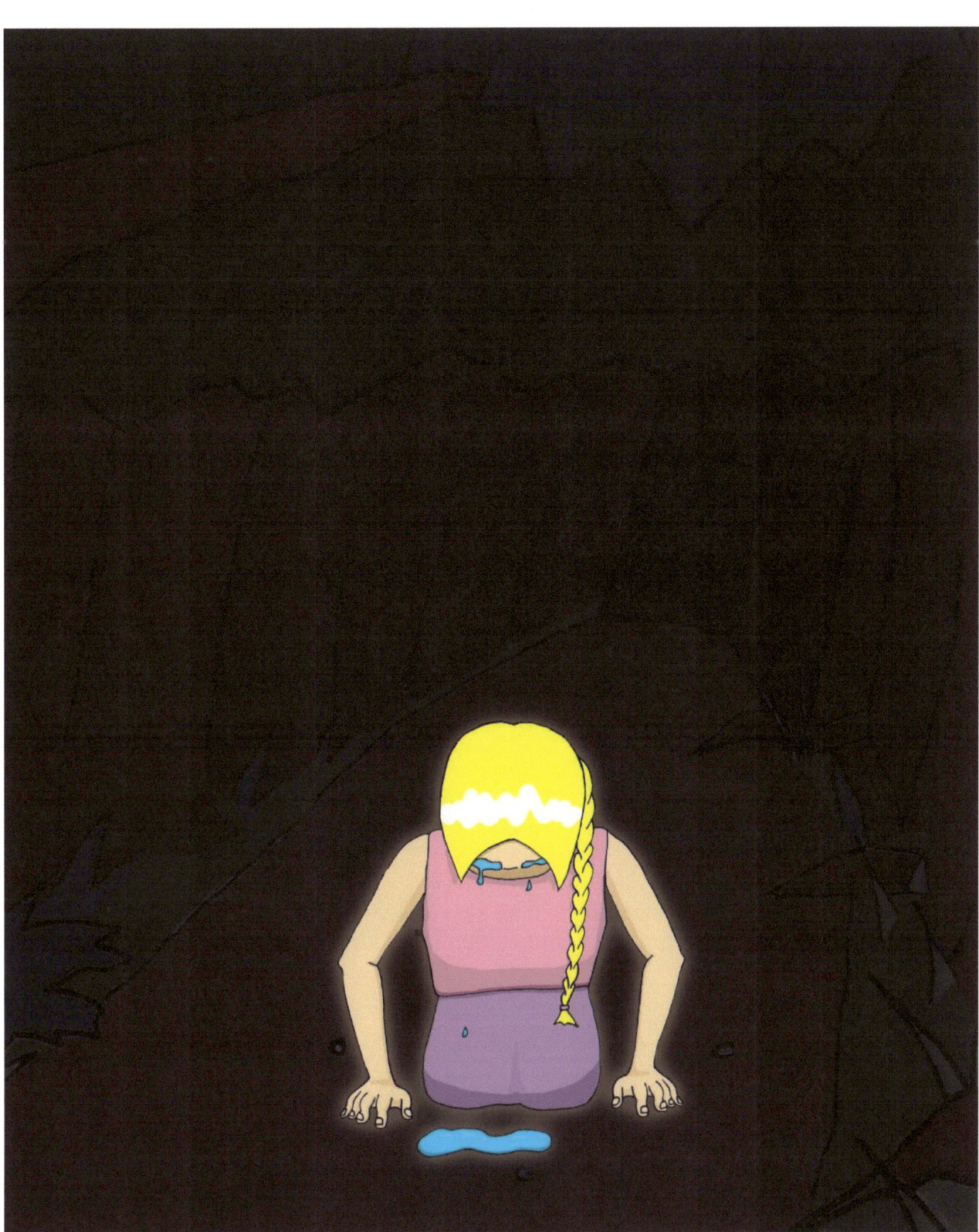

El hada piensa en esto con mucho cuidado. Ella estudia las chicas para ver si hay alguna sinceridad en los corazones de ellas al respecto de esta promesa. Ella entonces mueva su varita mágica y les dice: "Todo está de vuelta como debe ser. Si tengo que quitar sus cosas otra vez, ustedes no las recibiran de nuevo. "Ella entonces indica a las niñas el camino que tomar para regresar a la casa.

Las chicas llegan a casa y ven que su casa ha regresado. Corren a la casa y ven que su mamá y papá están donde los vio la última vez, sentados en el sofá de la sala. Ellas tres corren hacia ellos y abrazan a sus padres.

Las niñas les dicen a sus padres que prometen mantener su habitación limpia y tener todo recogido y ponerlo donde pertenece. Las niñas entonces corren a su habitación y limpian mejor de lo que jamás han limpiado.

Abril, Stacey y Erica mantienen su palabra y mantienen su habitación limpísima y nunca nada volvió a desaparecer.

El Fin

Más sobre el autor

Parte de una familia de militares durante toda su vida , Robin Bee Owens sabe lo difícil que es pasar de un lugar a otro y preocuparse por miembros de la familia en servicio activo .

Una esposa y madre de tres hijos, se basaron en sus propias experiencias y las de sus hijos para crear el Proyecto Dabby y el Proyecto Dabby Reino Unido.

Otros libros del autor
Dabby and Maxie
Dabby and Maxie Kentucky Bound
The Wand
Three Children and a Blessing
Tres Niños y Una Bendición
God's Soldier
El Soldado de Dios

DABBY AND MAXIE

Written by: Robin Bee Owens
Illustrated by: Victoria C Zack

More books from Ted E Beans
(a li'l division of Inknbeans Press)

The Open Pillow, David Rowinski and Dea Lenihan
Digweed, the Cat, Eric Pullin
Thin Wisp of Smoke, Eric Pullin
In My Sister's World, Ey Wade
The Magical Tree, Eric Pullin
The Travis Tales, Rose Salsman and Claire Turtlemoon
Dabby and Maxie, Robin Bee Owens
Sherlock Ferret and the Missing Necklace, Hugh Ashton and Andy Boerger
Sherlock Ferret and the Multiplying Masterpieces, Hugh Ashton and Andy Boerger
Tori-Jean, No! series, Jackie Williams
Liam and Storm's Alien Adventures, Jackie Williams
The Plot Bunny, Kristina Jackson
Read With Me, Pops series, Pops Burkett
God's Pinky Promises, Dawn Hood
I Wish I Were, Denise Kennedy
My Special Christmas Child, Donna Dillon
I Like You More Each Day, Andy Boerger
Letting Go, Andy Boerger

www.ingramcontent.com/pod-product-compliance
Lightning Source LLC
Chambersburg PA
CBHW041001170626
46815CB00002B/104